私、卒婚しました!

ままん　ゆきこ
MAMAN Yukiko

文芸社

目次

プロローグ

私は七十四歳、もうすぐ七十五歳になる。国が決めた言い方だと後期高齢者だ。この歳になって「卒婚」を決心した。

何故、卒婚かというと、連れ合いが「離婚は絶対いやだ！」と譲らなかったからだ。もう一つ面倒なこともあった。

よく結婚よりも離婚にエネルギーを費やすというが、自分がその立場に立ってみて、漸く分かることもある。

不動産は、Tと私の二人の名義なので、離婚と同時に名義変更しなければならない。

面倒な法的手続きに、お金も時間もかかる。その他にも私名義の契約もあり、そのすべての解約や変更に費す時間や体力がもったいなかった。

「事実婚」があるなら、「事実離婚」もあってしかるべし。

結果、私は「卒婚と別居」という形で妥協した。

私の連れ合いだった男とは、結婚四十三年になる。

他人は、「何で」「もう少しだから我慢したら」「もったいない」（何が？）「せっかく今までやってきたのに」（それは、私の我慢の上に成立していただけ）「これから一人でどうするの？」（今までも、ほとんど一人で、乗り越えてきたんです）等々。

わが娘さえ、

「もう少しだから、お母さん！」

と言ったくらいだから、推して知るべし。

娘に私は言った。

「これ以上我慢してたら、多分、一年以内に、お母さん死んじゃうよ」と。

娘は何もいわず頷いた。

「そうだね、もう傷つく幼い子もいないしね」

息子は、

「おかん、好きにしたらいいよ。何かあれば、俺らが動くから」と。

なんて良い子たちに、私は恵まれたんだろう。連れ合いに感謝しているのは、この二人を授けてくれたことだけ。いや、神様に感謝かな。

娘も息子も、長い間の私の家事、育児の孤軍奮闘を知っていたから、そうやって納得してくれた。ただ、三人の孫たちにとっては、楽しい、面白いお祖父ちゃんなのだ。野菜や果物を上手に育ててプレゼントしてくれる良い人なのだ。そこまで壊さなくて良いと、私は思っている。

人生のセカンドステージを送りながら、私はつくづく思い至ったことがあった。何故、結婚四十三年になろうとする私が、本気で、離婚を考えたのか、書き残してみようと思う。

第一章　卒婚相手のTのこと

まだ戸籍上は夫である男のことだ。パートナーとは呼びたくないし、夫とも言いたくない。連れ合いでもないし、友人Tとしておこう。

Tは社交的でお酒も大好き。世間からみたら、家庭菜園を楽しむ気の良いおじさんに見えるらしい。頼まれれば快く、近所の草刈りをしたり、お隣の植木の剪定《せんてい》をしたり、決して評判は悪くない。

だが、Tは酒癖が悪い。自分に気に入らないことがあるとぶちギレ、私に当たり、やがて、私の人格否定が始まる。私の記憶の中で、Tがキレなかったのは、二人の子どもたちの幼児期の頃だけだった。時間に追われてたから、キレてる暇もなかった？

四十年以上ずっと、Tのブチ切れに付き合ってきた。まだ子どもたちが小学生の頃、夏休みにはキャンプや旅行に出かけた。途中交通渋滞が始まると、私のせいにされた。

「だいたい、お前がこんな計画を立てるから……」

「これじゃあ、着く前にヘトヘトだ。運転する俺の身にもなってみろ！」

と、子どもたちの前であろうと、私に当たり散らした。

こんなこともあった。高校生の娘と親子三人で湘南海岸にドライブした。Tが急にトイレに行きたいと言い、車を止めレストランに入った。私はレストランの入り口で娘と二人、Tが出てくるのを待っていた。トイレは店の奥にあった。入り口の「トイレ利用のみお断り」の貼り紙にもかかわらず、用をすませたTは大声で、店の人に、

「トイレ、ありがとう」と。

私が早く出ようと促すと、

「お前は、俺に用もさせないのか！」

と突き飛ばしたのだ。店の客は驚いて固まっていた。

大学に入学した息子の引っ越しの帰り、道を間違え、それが私のせいにされた。Tは、猛スピードでラフな運転を続けた。（死ぬかも？）と思ったくらいだ。

酒を飲んでの帰宅が、週のうち五日は続いた。深夜帰宅すると、私への批判が始まる。それでも我慢ができたのは、Tと顔を合わせる時間が少なかったからだ。

息子が小一か小二の頃、こう言っていたことを思い出す。

「お母さんが幸せなら、僕たち生まれて来なくてよかった」と。

どんな場面で息子がそう言ったのかは覚えていないが、僕たちがいなければ、お母さんが離婚できる、と思ったのか。（あー、子どもにこんなことを言わせてしまった）と、私は深く深く反省をした。この子たちが成人するまで、私は我慢しようと決心した。

Tは定年後、勤務していた会社に請われて技術顧問という形で再就職、七年間勤め上げた。技術者としては、それなりの功績を残し、会社のホームページに紹介されたり、大臣表彰まで受けた。

リタイア後、Tが家に四六時中いることが増え、今まで感じなかったストレスを私は感じ始めた。私はカウンセラーという仕事柄、メンタルケアには注意していたし、食事にも細心の注意を払っていた。だが、身体は正直なものである。一点集中で、私の心臓を狙い撃ちしたのだった。

Ｔは大変なおしゃべりだ。多分、言語野の発達が一般人と比べて著しいのだと、勝手に私は分析している。様子を観察していると、自分の頭の中に浮かんだ言葉を、すべてアウトプットしている。

独り言か、私に話しかけているのか、分からないほど、ぶつぶつ言っている。私の無視が続くと、テレビに向かって話し出す。ここまでは私も我慢する。

認知症予防に、テレビに向かって話すことは良いことだ、と認知症の専門家が話していたことがあったからだ。やがて、テレビの出演者の批判から悪口にかわる。さらに近所の人やお世話になった会社への悪口雑言が続く。こうなると私も聞くに堪えず、Ｔに文句を言うか、自室に逃げる。こんな日が毎日続いた。

私がボランティアや頼まれた仕事で出かけると、それもＴの批判の対象になる。それでも私は我慢した。

私の我慢の限界が来たのは、Tの訳の分からないぶちギレに対してだ。まるで狂ったマウンテンゴリラみたいに叫び、(ゴリラさん、ごめんなさい。あなたには吠える理由があるよね)、罵声を、私に浴びせることが増えた。仕事を辞める前のイライラや、実母を亡くしたこと、原因は幾つかあったけれど、キレる沸点がわからず私は戸惑った。

冷静になった時に、Tに尋ねた。

「何故、子どもたちの前では、キレないの?」と。

Tはこうのたまった。

「子どもたちには、気を使っているから」と。(ハア〜、私ならいいのかよ!)

確信犯である。

私なら、何を言っても、しても許されると。とんでもない話だ。これじゃまるで、三〜四歳の幼児が駄々をこね、自分の感情のはけ口を母親に向けているのと、同じじゃないか。

私は、もうこれ以上、理不尽なストレスとは、おさらばしたかった。

老後は、楽しく暮らしたかった。

Tとは、四十年以上連れ添ってきた。子どもたちにとっては、父親であることに変わりはない。それを、今さらなくしていいのか？

老いた義母を悲しませていいのか？　と、自分に尋ねた。でも、大好きだった義母も、一昨年亡くなった。

私の中で（もういいか！）という思いが、ふつふつと湧いた。義母も、

「もういいばい（もういいよ）。長い間世話になったね」

と許してくれそうな気がした。

義母は、本当に良い人だった。肝が据わり、心の広い人だった。誰にでも、分け隔てなく接し、いつも笑顔の人だった。この人が母親ならと、結婚の決め手だった。

でも、親と子は別人格と、私はしみじみ学んだ。

第二章　卒婚宣言

私は離婚をしたいと、Tに申し出た。別居でも良いからと。

すると、Tは、

「この歳になって恥ずかしい」

と、のたもうた。

私は恥ずかしさより、自分の心を守りたいと、Tに告げた。私が、出ていくことも考えたが、家のローンは、ほとんど私一人で支払ってきた。

「出るなら、あなたが出るべきだ」と。

「それなりのお金は用意するから」(ちょっと格好をつけてみた)

だが、Tは「俺は、この家が好きだから出ていかない」と頑なだ。

私は考えたあげく、家庭内別居、いや、この言葉は響きが悪い。そうだ、シェアハウスにして、Tを住人と思ってみることにした。他人と思えば、今まで通りの呼び名は使いたくなかった。

「これからは苗字で呼びます。だから、私も旧姓で呼んで」

「いや、俺は今まで通り、ゆきちゃんでいいよ。今さら他人行儀な」

「もう他人と同じです」

これからは「卒婚にしたい」と申し出たのである。

基本、洗濯も、食事も別、多めにつくったら、人類愛で、

「食べても良いよ」

と、声をかける。

「わからないことがあれば教えます」

とも、私は言った。

どのみち、持病のある私が先に逝けば、自分でやらなければならない。今から予行

演習する意味でも、私に感謝するはずだ。仕事しか知らない「俺が、おれが」の人間は、もう勘弁してほしい。

この宣言後、しばらくは、Tは、借りてきた猫のように、おとなしくしていた。しかし、時間の問題だった。訳のわからないキレ症候群は再発した。

私が、「もう出ていこう！」と、決心したのは、不整脈の治療と、ペースメーカーの植込み手術を無事終え、退院した日だった。帰宅して車から降りたTがドアを閉めたとたん、キレた！

Tがロックを掛けたので、「後部座席に、まだ荷物が残っているの」と、言っただけなのに……。

些細なことだった、本当に笑えるくらい些細なことだった。何かが、ガラガラと私の心の中で崩れ落ちた。

多分、私の洗濯物をTが病院に届けたり、他に気を使うことがあって、疲れたのかもしれない。

でも、「もう、いいや」。

「ありがとう」の言葉を、私は呑み込んだ。

この先、悪化することはあっても、劇的に回復する見通しのない私の心臓を、これ以上ストレスにさらしたくない、そう強く私は思った。

「出ていこう！」

二〇二二年四月三日、私の退院記念日。そして、卒婚記念日。

体調が回復すると、私は、「これからの住処《すみか》」を探すべく、行動を開始した。

第三章　結婚という形の親孝行

私が育った九州では、女は早く結婚し、子どもをもうけ、幸せな家庭を築くことが、最良の選択だ、と思われていた。昭和の後半のことだ。

だが、私はなぜか、子どもの頃から一生働きたい、仕事を持つ女性でいたい、と思うようになっていた。この考えに至ったのには、これといった決め手はなかった。ただ、女だから、妹だから、我慢を強いられたことは、数多くあった。そのことに起因しているかもしれない。まだ小さいから、兄と一緒に草スキー（低い山の斜面で、橇《そり》のようなもので滑るところ）には連れて行けない。自転車は、お兄ちゃんだけ。妹は我慢しなさい。女の子は家事をするもの……。

高校進学の時、

「お前は女だから、大学に行かなくてよい。高校を出たら就職しなさい」

「長男は、親の面倒を見るようになるから、大学に進学させる」

「女に学問はいらない！」

と父に言われたときは、

「そんなもんか」

「女に生まれると、こんな差別を受けるのか？」

と、当時の私は、ぼんやりと考えていた。

なんで、女に学問はいらないのか。この問いは、私の心の奥深い所にしまわれた。

女だから学問はいらないを逆手にとり、私は、高校でまったくと言っていいほど勉強しなかった。赤点すれすれの成績だった。入学祝いに知人から頂いた英語の辞書を、兄にとられたことも一因だった。

「勉強なんかするもんか」、でも「学問はしたい」、という矛盾を抱えたまま、高校を卒業し、私は社会に出ていくことになった。

県内の会社の事務員として就職し、その後二〜三回の転職を繰り返した。最後の会社勤めをした時に出会ったのが、Tだった。

Tとは、本当に遊び仲間の一人で、グループで海水浴、キャンプ、バーベキュー、登山と青春を謳歌していた。恋愛の相手としてTをみることは、一度もなかった。Tは、やがて関東に転勤していった。

私は学び始めた英語が面白くなり、二十五歳で会社を退職した。北九州市のＹＭＣＡ（キリスト教青年会）で生徒として学んでいた私に、スタッフが講師としてやってみないかと声をかけてくれた。上級コースを終えたらどうしようかと考えていた私に、その言葉は渡りに船だった。

周囲は、外国人講師ばかりの環境で、私は水を得た魚のように、多くのことを学び、吸収していった。その後、教会の牧師さんのお世話でカルチャーセンター―で英語を教えたり、家庭教師をしたりした。

もっと「学問をしたい」という欲求がむくむくと頭をもたげ、やがて私は、地元の公立大学を受験し、本格的に英語を学び始めた。

Tとは年賀状のやりとりだけの仲になって五、六年は過ぎていた。そんなある日、かつての遊び仲間で妹的存在のHちゃんが、

「会社の近くでTを見かけたので、電話でもしてみたら」

と、連絡をくれた。

懐かしさもあって、私はTの実家に電話した。電話に出たのはTのお母さんだった。私のことは知っていたらしく、しばらく話をした。Tのお母さんは保険の外交員をしていた人だけあって話し上手で、他人の気をそらさない話しぶりだった。電話を切ろうとする私に、Tのお母さんが、どうしても私に逢いたいと懇願した。とうとう、その熱意にほだされて、彼の実家を訪ねることになった。私の悪い癖で他人に懇願されると、なかなか「ノー」と、言えないのだ。こうやって、Tとの結婚への序章が始まった。

Tの父親も私の父も、ともに海軍出身ということ、同時期に隣の部隊にいたことが分かり意気投合した。家庭環境が似ていたこともあり、母もこの縁談に大乗り気だった。

母にしてみれば、もうすぐ三十歳に手が届きそうな、世間から見れば行き遅れの私の存在が、心配で心配で仕方がなかったようだ。これまで、次から次へ見合い話を持ってきては、私から拒否され、親戚中からは娘の結婚を催促され、半ばノイローゼになっていた。

母は、私に無断で結婚相談所に申し込んでいた。「ちょっと用事があるから」との電話に、何も知らない私が帰宅すると、お見合いが設定されていた。そういうことが何度も繰り返された。最後に出会ったのは、バイクで世界旅行した人だった。私にとり異次元の人で、その旅行物語に惹かれていった。だが、父の猛反対により結局まとまらなかった。

結婚だけが私の人生の最終目的でもないし、必ず幸せになるとも保証されたものでもない。それでも母には散々心配をかけてきた。ここいらが年貢の納め時か？　なんて思いが私の脳裏をよぎった。

そこでTとの縁談が具体的になった。私が出した条件は「大学を卒業するまで待ってもらえるなら」というものだった。私は二十九歳になっていた。

Tのお母さんは二つ返事で、

「待ちます。女にもこれからは学問が必要です」

と言った。

これで決まりだった。

私がTと同僚だった頃、私の人生最大のモテ期だった。もともと男性の多い職場で、四、五人の男性から直接、間接的に結婚を前提とした交際を申し込まれていた。Tはこういう事情を知っていたと思う。再会後、速達で「僕はもう決心している」という手紙をもらっていた。

私とTは結婚という道のりに向かって歩き始めた。

いわゆる遠距離交際で、月一会う程度だった。昔からの知り合いということで、特に不安も感じずに、私は、婚約期間を過ごした。

卒業前に、指導教官から大学院への進学を勧められたが、さすがに、「もう二年、結婚を延長してください」とは言えなかった。

卒業式は、大変な悪天候だった。その二日後、私たちは結婚式を挙げ、私は九州を離れた。

結婚式は、親しくさせてもらっていた牧師さんの立ち会いの元、私たちは、誓約を交わした。

例のあれである。

「病める時も、健やかなる時も、汝は……」

Tは緊張した面持ちですぐに「はい」と答えた。

私はといえば、一瞬「ノー」と答えたらどうなるんだろうと、考えていた。大きく息を吸い、小さく「はい」と答えた。

もう戻れない、賽《さい》は投げられたのだ。

映画の『卒業』のように、式場のドアを開けて私を奪いに来る元カレが登場することもなかった。

母をノイローゼから救い出すために、世間の目から母を自由にするために、そして、私の小さな夢の実現のために、私は新しい世界に一歩踏み出した。

第四章　臨時教員格闘記

　Tは、当時アメリカへの海外出張が続き、半年アメリカ、一カ月日本という形態を、繰り返していた。

　結婚後すぐ、Tは、アメリカへ旅立ち、私は、右も左もわからないまま横浜のアパートでの一人暮らしが始まった。九州に帰ろうという選択肢は私にはなかった。せっかくあの古い価値観から抜け出せたのに、再び縛られてなるものか。そう思いながらも、ぼうっと、ただテレビだけを流している日々が二週間ほど続いた。ひょっとすると、これが鬱の始まりでは？　と思うほど無気力の毎日だった。

「これではいけない！　何とかしなきゃ」

　私は、友人を作るために、仕事を探そうと決心した。英語教員の資格を得ていた私は、早速地元の教育委員会に出かけ、登録した。

登録して一カ月も経たないうちに、非常勤の仕事が見つかった。こうやって、英語教員としてのキャリアがスタートした。

四十日間という短い期間であったが、私の教員デビューである。

当時、その中学校は横浜で二番目のマンモス校で、一学年一四クラスという大所帯だった。職員室も二つあり、同学年であっても、話す機会のない教員も多くいた。マンモス校ならではの悩みで、教員たちとのコミュニケーションは希薄だった。

私は一年に配属となり、療休で休まれた四十代の男性教師の代替えとなった。教えるテクニックなど皆無に等しい。精一杯生徒たちに接すること、生徒の疑問には、必ず答えることを目標にした。四十日間が終えるころ生徒たちから、

「先生がずうっと教えてくれたらいいのに」

「先生、きっと、また教えに来てね」

などとメッセージをもらい、私は幸せな気分にひたっていた。

一人のベテランの女性の社会科教師から、

「いいわね。英語なら、つぶしがきくからね」

と言われた。つまり、「学校でなくても、貴女は稼げるでしょ!」と彼女は言いたかったのだ。私は心の中で、(つぶしがきくから英語教師を目指したのではありません!)と叫んでいた。「反面教師、反面教師」という言葉を、頭の中で繰り返した。

二校目は、下町にある中学校だった。通勤途中の坂の上から、初めて見る富士山に、私は一人感動していた。子どもたちは、やんちゃで、明るく、勉強嫌いだったが、いつも本音でぶつかってきてくれた。この学校の教師と子どもたちに、人を育てることの意味や、人と人とのつながりや関係性のなかで人は成長していくものだ、ということを教えてもらった。

中三の二学期からという大切な時期に、私は赴任した。もちろん、目の前には進路、高校受験というものがぶら下がっていた。だが、高校進学をしない、できない子どもたちもいた。経済的理由がほとんどだった。平成の時代にだ。私は、その現実に戸惑っていた。

そんなある日、あまりに授業態度が悪い女生徒の頭を、教科書で叩いてしまった。今なら、パワハラ教師で訴えられたかもしれない状況だ。その日を境に、番長のF君を中心に授業妨害が始まった。チャイムが鳴っても席に着こうとしない生徒や、授業中に大声でしゃべりだし、注意しても無視される日が続いた。

まさに、私は試されていた。

私は、クラス全員と話したいと申し出た。F君は担任立ち会いの元という条件で受け入れてくれた。当日、私はまず女生徒を教科書で叩いたことを、素直に謝った。教えることは下手かもしれないけど、受験や、義務教育の最後の学年で、学んでもらいたいことがあるのだ、と訴えた。担任立ち会いのためもあり、話は静かに聞いてくれた。だが、納得したわけではなかったようだ。

翌日F君が、私を試すように、プリントを配る私の手にカッターナイフの刃を突き付けた。

「切ってやろうか」

と彼は言った。私はF君の目を見つめながら、

「信じてるから」

とだけ言った。勝負だった。F君はしばしの沈黙の後、

「もうわかった」

とだけつぶやいた。

翌日から、ぴたりと授業妨害はやんだ。そればかりか、プリント配ってやるよ、などと言いだす生徒も出てきた。番長の力、恐るべし！　大声で私が怒鳴ることはなくなり、たまに注意するだけで、卒業まで平穏な日々が続いた。

昼休みや放課後に、生徒と話す機会も増えた。父親が不倫して、相手に子どもができ、離婚。酒浸りになった母親をアルバイトしながら面倒を見ていた女子生徒。

母親がメンタルを病み、長期に入院していて祖母と二人暮らしの男子生徒。

「先生、かあちゃん、時々俺の顔忘れてんだよね」

切なすぎて、かける言葉が見つからず、黙ってうなずくしかなかったこともある。

父親が基地の米兵、母親が日本人という男子もいて、自分のルーツに悩んでいた。

「俺、普通じゃないから」というのが、彼の口癖だった。彼には責任のないことで否応なく選択を迫られる現実があった。でも、子どもたちは屈託なく、底抜けに明るく、逞しかった。彼らの前には誤魔化しなど通用しない。いつも本気勝負だった。

二年後、やっと採用試験に合格した。仕事をしながらの受験勉強は思いのほか大変で、最初の年は見事不合格。二年目の試験の時は、私は妊娠七カ月になっていて、大きなお腹を抱えての受験。帰宅する時は、足が丸太のように浮腫《むく》み、靴が履けなかったことを懐かしく思い出す。後日、最終面接で面接官に、

「お子さんはどうされますか？」

と開口一番聞かれた。

「九州から、母が出てきて面倒を見ることになっています」

と、そんな約束は交わしていないのに、堂々と私は断言した。

恐らく二校での経験があったことが良かったのかもしれない。横浜市の教育委員会は、よく私のようなものを拾ってくれたものだと、感謝した。

第五章　新米教師奮闘す！

初任校は、市内の開校四年目の新設校だった。教員たちも生徒たちも新しい学校の歴史を築いていくのだと、自負とやる気に満ちあふれていた。

私は、「公教育の中での英語教育」を卒論のテーマにしていた。英語を通してこの子たちの目を海外に向けたい、日本人として、日本の歴史や文化を誇れる子どもに育てたいと、大きな野望と期待をもっていた。

「異文化理解」という名の研究会に、早速加わった。

次々に区や市の授業研究会での発表や授業公開に精力的に臨んでいた。

文科省が、ＡＬＴ（アシスタント・ランゲージ・ティーチャー）を導入し、外国人助手と日本人教師とのティームティーチングが開始された。

その後、私はクリスというイギリス人と、関東ブロック大会で初のティームティーチングの発表を行うことになる。

私たちは、ロンドンからやってきた若いイケメンのクリストファ・スミスを英語助手として出迎えた。彼は青い目をし、ブロンドの髪、端正な顔立ちをしていた。穏やかな性格で、キレイなブリティッシュイングリッシュを話した。私たち日本人にとって、まさに外国人そのものだった。クリスは、日本文化を何でも吸収してやろうという意気込みにあふれていた。何よりも生徒たちや私たち教師と、コミュニケーションをとろうとする姿に、皆から好感を持たれていた。その後、何人ものＡＬＴと仕事をしてきたが、彼ほど人柄が良く、教師仲間にも生徒たちにも慕われたＡＬＴに出会うことはなかった。

彼が日本を離れる日、「きっとまた会おうね」とハグをして別れた。私の二人の子どもたちは目の前でイケメンのイギリス人と私がハグをしているのを見て、どう思ったんだろう。私が感じたのは、友人のハグと恋人のハグは違うということだった。残念ながら私へのハグは前者だった。こうやってステキなクリスとの時間は終わった。今はブロンドの髪をなびかせながら、颯爽とロンドンの街並みを闊歩しているに違いない。

「Hi, Chris! Long time no see!」と声をかけてみたい衝動にかられる。

英語教育とは別に、人権教育問題にも取り組んだ。特に在日朝鮮人問題は、私の幼少期の体験に深く関わりがあった。

私の父は、当時の三菱飯塚礦業所、つまり炭鉱で働く技術者で、私たちは炭住（炭鉱住宅）という社宅に住んでいた。社宅を取り囲む板塀の向こうは、朝鮮人の集落だった。子ども心に、藁葺《わらぶ》きの屋根の彼らの家々には何故電気がついていないのか、子どもたちは、何故学校に行かず、豚の世話をしているのか等々、不思議だった。

周囲の日本人の大人に尋ねても、誰もあいまいな返事しか返してくれなかった。

この時の疑問がきっかけとなって、私は、アウシュビッツやハンセン病問題、先住民族の問題、在日朝鮮人問題、被差別地区問題、杉原千畝の『六千人の命のビザ』等々、人権や差別の問題を子どもたちと学んでいった。子どもたちは、大人が考えるよりごく自然にこの重いテーマを受け入れ、自分のものにしていった。その心の柔らかさに驚き、感動した日々を忘れない。

特に、在日朝鮮人問題では、私のかつての教え子が、その出自に悩んでいたことを、生徒たちに話した。真剣に私の話を聞いていた文化祭のメンバーは、なんと一週間で、劇の台本を手分けして書き上げたのだった。私もできるだけ史実や在日の方の話を、彼らに説明をした。文化祭当日は、体育館は静まりかえり、全校生徒が真剣に、劇に見入ってくれた。

もう一つのサプライズは、この劇の主人公である元教え子が、劇を見に来てくれたことだった。招待状を送ってはいたものの直前まで彼からの返事がなかったので、突然の彼の登場に、私は驚きと感動を隠せなかった。もちろん子どもたちもだ。

いつもは、やんちゃで、ひょうきんなM君が、かすれた声で、

「来てくれて、ありがとうございます」

と言った時は、私も胸が熱くなった。

およそ二十二年間の教員生活で、リトアニアの外交官であった杉原千畝氏の奥様で『六千人の命のビザ』の著者でもある幸子さんにお目にかかり、子どもたちと自宅に招かれたことは忘れられない思い出となった。幸子さんは子どもたちにこう話された。

「私は、ヒトラーが大嫌いだったの。でもある日、街に出たとき銃撃戦が起き、護衛の若いドイツ軍の将校が私を守って亡くなったの。悲しくて、申し訳なくて……その方を忘れないために外套のボタンをちぎって持ち帰ったの」

と、私たちにそのボタンを見せてくださった。

「戦争はだめよ、どんなことがあっても。誰も幸せにならない」

重い言葉だった。

最後は茶目っ気たっぷりの笑顔で、

「もう時効だからいいわよね。最後のビザは、千畝の手が腫れ上がり、ペンを持つこともできなかったの。それで、私が千畝に似せて書いたのよ」

元ハンセン病患者の桜井哲夫さんを招いての講演会から学んだことは、いわれのない差別と国に奪われた人権について教えられた。そのことを知らずに生きてきた自分を恥じた。桜井さんは目も見えず、両手はグーのままで開くこともできなかった。一瞬目をそらした鼻は呼吸するために穴が二つあいているだけのようだった。六十年以上も隔離され続け、外の世界と断絶され、名前さえも変えられた人間の生きざま、人としての真の強さやさしさを彼に教えてもらった。一生の宝物と言える。

忘れられない旅もあった。それはかつての教え子とのアメリカ旅行だった。当時赴任した新設校で出会った二人の生徒。A君は学年一の秀才、D君は、勉強苦手な優しい子だった。この二人が親友だった。A君は優秀な成績で進学し、後にイギリス留学をした。今や生徒に好かれる立派な教師になっている。かたやD君は、公立のやんちゃな生徒が集まる有名な高校に進学した。三年間持つだろうかと私は本気で心配した。時々近況報告をくれるD君に卒業後の進路を聞くと、なんと、なんとアメリカに留学したいという。

「えーっ」と驚く私に、

「先生、知らなかったでしょ。テストの点は悪かったけど、僕、英語好きだったんだ」

またしても「ひえーっ」である。そういえば、英語の授業で居眠りもせず、つぶらな瞳で私の話を聞いてくれていたことを思い出した。

しばらく現地の語学学校に通い、大学入学できる力がついたら大学入学を目指すという。

ＴＯＥＦＬという非英語圏の出身者を対象としている英語能力テストだ。大学に入学するには、基準の点数を取らなければどこの大学にも入学はできなかった。二年目に突入しても、彼からは良い報告はなかった。

クリスマスイブの22時ごろ、Ｄ君から国際電話が入った。

「先生、どんなに頑張っても届かないんだ。諦めて帰国しようと思う」

というものだった。私は、

「せっかく今まで頑張ったんだから、もうひと踏ん張りだよ。大学に入学できたらお祝いに逢いに行ってあげるから」

と私は軽く言ってしまった。D君は、

「本当だね、約束だよ、絶対だよ」

と言って電話を切った。年があけ数カ月が過ぎた頃、またD君からの国際電話が入った。

「先生、合格したよ！　約束忘れてないよね」

その年の夏休みに、私は彼の合格を祝うべくアメリカに旅立った。サンフランシスコ国際空港で私を出迎えたD君は一回りも、二回りも成長していた。ハグしようとする私に、

「恥ずかしいよ、先生」

と照れていた。

私の知人を訪問してから、D君の住むアリゾナへ向かった。ここから、ありえない

ようなことが起きた。横浜の自宅にいた前出の秀才A君に電話を入れた。私が今アメリカに滞在中であること、D君の合格祝いを兼ねて観光することを伝えた。冗談で、

「君も来ない？」

と言ったら、なんとA君は二つ返事で、

「わかった。行きます」

と答えた。

それから数日後、A君をアリゾナに迎え、私たち三人の楽しい旅が始まった。D君の運転でハイウェーを南へ南へと、ドライブを楽しんだ。

セドナという星のきれいな街で、ハイウェーから横道にそれ、あまりの星空の美しさに私たちは感動し、盛り上がっていた。そこへ、なんとハイウェーパトロールの警察の車が静かに止まった。D君はすかさず私たちに、ポケットに手を入れないでと忠告した。拳銃をもっていると誤解されるからと。言われるとおりにしていると、カーボーイハットをかぶったカッコいい警察官が降りてきた。

「ハーイ、君たちこんな所で何やってんだ?」

と聞いてきた。

私は満面の笑顔で(真っ暗な中で、私の笑顔が見えたのかどうかさだかではないが)、星空があまりに美しすぎて感動しています、と答えた。

「どこから来たんだい?」

日本からと答えると、日本じゃ星空は見えないのかと尋ねてきた。

「見えますが、こんな美しい夜空は初めてです」

と答えると、

「じゃ、楽しんで、暗いから気をつけて」

と言い残し、パトロールの警察官は立ち去った。

今も時折、このアメリカ旅行を思い出しては懐かしんでいる。

ふと、思う時がある。教え子とはいえ、二十歳の男子二人。三十代後半の女教師の私。アメリカでは異性とのルームシェアやハウスシェアは当たり前であったが、当時の日本は皆無と言ってよかった。〝破廉恥女教師、元教え子とアメリカ観光旅行、同室滞在？〟なんて誤解されなくてよかった。ホッ。

第六章　私の心臓さん

私はやや病弱で育ったようだった。小学二年生の時、風邪をこじらせ、急性腎盂炎という病気にかかり、学校を四カ月休んだ。母は私の健康に人一倍気を使い、食事も豊かではなかったが、手作りの美味しいものを毎回作ってくれていた。

その後は、大したことにはならず病気もせずに成長した。母の影響で、食事には人一倍気を使うようになった。お陰で、社会人になっても健康に過ごしていた。

ところが、ところがである、青天の霹靂《へきれき》というべきことが起こった。まさに、私にとって、寝耳に水の大事件だった。

教員になり十年。子育てに、仕事に奮闘していた。職場の健康診断で、心電図に異常が見られ、精密検査を受けるようドクターに言われた私が？　心臓？　嘘でしょう！

こんなに毎日、生徒を追っかけまわしているのに。自覚症状は何もなかった。紹介されるまま、総合病院で精密検査を受けた。やはり、心電図異常が確認され、経過観察という扱いになった。

冷静に考えてみれば、母が心臓肥大で心筋梗塞を起こし、緊急入院したことを思い出した。アホな娘である。自分の心臓がやられるとは、これっぽっちも思っていなかった。

あー遺伝だ、と納得した。

経過観察で、定期的に受診するだけで、薬は何も処方されなかった。

そのうち、カテーテル検査という時代の先端をいく検査が始まった。

主治医は、私にその検査を勧めた。カテーテル検査をすれば、私の心臓の詳細がわかり、今後の治療の参考になる、という助言で、私は、その検査を受けることにした。

だが、だが、である。とんでもないことが起こった。検査のために、私の体内に注入されたヨード剤に、私はアレルギー反応を起こしたのだった。手術室で血圧が急激に下がり、キンコン、キンコンという緊急音が聞こえ、看護師さんとドクターが慌ためいているのがわかった。

「血圧40」と聞いた後、スーッと全身の力が抜け、私は気を失った。目が覚めたのは、翌日だった。激しい嘔吐が続き、こちらの方が苦しかった。まだ幼かった娘が、不安そうに私を見つめていた。死んでたまるか！　そんな思いがよぎった。

幸いに、その後の経過は良好で、私は体力を回復していった。退院時に主治医に、カテーテル検査で、何がわかったのか尋ねた。

「うーん、これと言ってわかりませんでした」と。

（ふざけんじゃない、こっちは死にかけたんだ）と心の中で叫んで、それでも冷静に、

「先生、あえて言えば、病気の原因は何でしょうか？」

「あえて言うなら、ストレスです」と。

ここで私は、「プッチン」とキレた。私より年下に見えるこのドクターに喧嘩を売っ

ては、私の女がすたる。

「この病院とはおさらばだ」と、さっさと退院した。

その後、学校の校医にアフターフォローをしてもらっていた。そんな私を心配した兄が、専門医につながるように助言をくれた。

そして、再び専門医につながった。が、またまた経過観察、という言葉が返ってきた。

主治医に尋ねた。

「子どもが小さいので、まだ死ぬわけにいかないのです。このまま、自分の心臓が悪くなるのを待つしかないのですか？」

しばらく考えていた主治医は、

「日本で最新の治療を開始しているドクターがいるので、一度お会いになってみますか？」

主治医の言葉が終わる前に、

「ぜひ、お会いしたいです」

と、私は答えた。

新しい私の主治医は、日本では三本の指に入る（ご本人は、日本で一番という自負をお持ちの）、著名な心臓内科医だった。

気さくなドクターで、詳しく私の心臓の状態を説明し、今後の治療についても、納得いくまで話してくれた。

「私、失敗しないので」なんて軽い言葉は使わないが、自分の治療に、自信をもっていらっしゃることは感じた。

私はこのドクターに任せてみようと、そう決断した。

アブレーション（心筋焼灼術）という時代の先端をいく、手術に近い治療を受けることになった。二〇一一年の春だった。

計四回のアブレーションを受けることになる。何故四回も受けたかというと、焼き切れない部分があったことと、新たな心房細動の出現のためだった。四回目が二〇二二年三月のことだった。胸にいつもとは違う痛みと息苦しさを感じ受診した。心電図をとっていた技師が、

「大丈夫ですか？」

と大きな声を出した。素人にもわかるほど、私の心電図はまるで津波のように波打っていた。主治医はこのまま入院してくださいと言った。緊急事態なんだと悟った。二日後治療が始まった。

四回目だから私も慣れたものである。手術台に乗せられ、局所麻酔を施され（当初は全身麻酔だった）、治療が始まった。一つ違っていたのは、今回は心房ではなく心室細動だった。心室での細動が止まらない時は、突然死のケースが多いらしいことを後で知った。主治医と執刀医が話しているのが聞こえる。

「思ったより多いですね」

「そうですね、このまま続けるのは危険ですね」

「やめますか」

「やめましょう、危険すぎます」

部屋に戻った私に執刀医が申し訳なさそうに「実は……」と切り出した。

「先生、次はペースメーカーですか」

と、執刀医が言い終わらないうちに私は言った。

治療前に少し調べていた。アブレーションが上手くいかなかった時は、ペースメーカーの出番ということを。

「わかりました。お任せします」

話は早かった。

二日後、ＩＣＤ（植込み型除細動器）というペースメーカーの植込み手術が行われた。執刀医は、前回入院の際お世話になった女性の医師だった。さばさばした性格で気さくな女性だった。左鎖骨の下あたりを切開し、そこからリード線と機械本体を植込むのである。七針くらい縫ったのだが、外科手術が初めてなので、二十針くらい縫われた心境だった。この時も局所麻酔だったので様子がよくわかった。

「先生、意外とスーッとペースメーカーは筋肉の間に入るんですね」

と話しかけていたら、

「わかりますか。切り口を大きく開けたからね。麻酔、もう少し効かせますよー」

と言われた。嫌とも言えず、やがて私は眠りについた、いや、つかされた。

ICDは私の身体の中で確実に仕事を始めた。

主治医が、

「良かったね、心室細動が止まったよ」

と安堵の表情を浮かべた。主治医も心配したのだろう、次の一手を考えねばならず、いや次の一手があるのかさえ怪しかった。

とにもかくにも私は、1級身体障害者となった。

二週間の入院を終え、無事退院した。今回の入院で、神様から（都合のいい時にだけお出まし願うのだが）、

「もういい加減にしろ、自分の身体を労われ」

そう言われた気がした。

第七章　私はシングルマザー

昭和五十八（一九八三）年、長男の出産の時の話だ。陣痛の間隔がだんだんと短くなり、もう入院した方がいいなと思った私は、実家の母を伴い、市内の産科病院に行くことにした。準備した荷物をまとめ、Tに電話を入れた。

「わかった、仕事が終わったら顔を出す」

とだけ言った。母がいるから、自分がいなくても大丈夫と思ったのだろう。

次の陣痛が始まる前に病院にたどりつかねばと、お腹を気にしながら、急いでタクシーを呼んだ。

病院の分娩室で、陣痛が頂点に達し、無事息子はこの世に誕生した。生まれたての我が子を見て、ほっとした。その日の夜、Tは漸く息子と対面した。涙ぐんでいたと、後から母に聞いた。

この時ばかりはTも父親だった。

正式な教員として仕事をスタートさせたのが、長男が一歳になった時だ。横浜の保育所事情は悪く、すぐの入所は不可能だった。無認可保育園をみつけ、そこで一年間お世話になった。給与の半分近くが保育料にとんでいった。でもお金に換えられないほどの手厚い保育を受けた。

保育園への送迎、通勤、買い物、通院と車は必須アイテムだった。メカに弱い私は、それまで車の免許をとるなんて恐れ多く、考えたこともなかった。されど母は強し、為せば成るの言葉を信じ、必死に教習所に通い車の免許を取得した。教習所の薄汚れた保育室に息子を預け、世の中の人を全員敵にまわしているような顔をしたおばさんに面倒を見てもらっていた。一日でも早く免許を、と私は気が急いた。その気持ちが通じたのか、見事、一発合格！

当時きちんとしたチャイルドシートはなく代用品みたいなものに長男を乗せ、ハラハラしながら時速四十か五十キロメートルくらいで運転していた。当時の校長が、「遅刻してもいいからね。お子さんも乗せているわけだから、事故だけは起こさないようにね」

と言ってくれた時は嬉しくて涙が出そうになった。

大量の着替え、シーツ、汚れ物を毎日のように持ち帰っては洗濯し、持参する日々だった。保育園が学校のすぐ近くにあることはありがたかった。先生方に見守られ、すくすくと長男は成長していった。が、長男が三歳の頃、担任の保育士さんから言われた。

「お子さんを遊ばせていますか？　遊びが不足しているようです、特に外遊びが」

他のお子さんと比べ、息子の動きがどんくさかったのかしれない。Tに話しても、反応はにぶかった。土日は溜まった家事に追われ、私はゆっくりと息子に向き合えていなかった。

Tも初めてのパパ業でどうふるまっていいかわからなかったのと、とにかくお酒を飲むことが大好きな人だったから、ウイークデーに早く帰宅することは皆無だった。休日、たまに公園に出かけても、すぐ息子を連れて帰ってきていた気がする。

バタバタとした時間が流れ、二年後に娘が誕生した。私はといえば髪を振り乱して仕事、家事、育児に奔走していた気がする。毎日が綱渡りで、どちらかの子どもが熱を出せば、交代で時間休や年休を取り、子どもの面倒を見ていた。この時ばかりはTにも協力してもらわないと、にっちもさっちもいかなかったと思う。

慣れぬ手つきで、私が作った食事を食べさせたり、薬を飲ませたり、下着を着替えさせたりしていた。

新築ではあったが、アパートの狭い部屋で子育てが始まった。狭い台所に続いて浴室があった。脱衣所なんてしゃれたものは無かった。

二人の子どもの入浴は至難の業だった。息子を先に入浴させ、バスタオルで身体をくるんだ。次に洗濯機の上に広げたバスタオルに娘を寝かせベビー服を脱がせた。首の据わらない娘を入浴させるのはハラハラした。

そうやって、やっと二人を寝かせたところでTの帰還。ここまでならしょうがないと思うのだが、必ず寝たばかりの二人を起こしにかかる。何度文句を言ったことか。

息子が喘息だったこともあり、毎週のように海風にあてるために磯遊びに出かけた。この時はTも運転が好きなこともあり、嫌がらずやっていた。

子どもたちが小学生になると、長い休みにはキャンプに子どもたちをよく連れて行った。楽しい思い出を少しでも作ってやりたかった。キャンプ場の決定、持ち物、食料などすべて私が準備した。運転はTに一任。運転歴は長くうまかった。だが、渋滞が始まるとイライラが始まり、やがてその矛先は私に向かうのはいつものことだった。子どもたちが心配しないように私はひたすら、なだめに入る。

キャンプ場に到着すると、高校生の頃無人島でキャンプしていた経験をもつTは、手際が良かった。（良かった、これくらいのキレで終わって）と何度思ったことだろう。子どものため、子どものためと自分に言い聞かせた。

こんなこともあった。

「家族で食事を一緒にしたいから、週の半分は飲まないで帰宅して欲しい」と言った私に、Tはこう言った。

「食事は自分が好きなものを好きなだけ、好きな時間に食べるものだ」と。

言うだけ無駄だと思った。

何故この人は結婚したんだろう。家族がそろって楽しく食事をするという考えがなかった。仕事が終われば、まず自分が優先だった。毎日飲む相手は同僚、後輩、仕事先の知人と事欠かなかった。

食事はいつも私と子どもたちの三人だった。子どもたちの誕生日のお祝いの時にも、Tはいたことがなかった。息子や娘の友達を招いての食事会で、そこにTの姿はなく、子どもたちもそれが当たり前になっていた。

それでも、小学生の頃は、土曜日が休みのTが授業参観には行っていた。だが、中学、高校になると一切関わらなくなり、学校行事や進路相談には、私が半休をとって参加していた。子どもたちがTに相談することは皆無だった。

息子が大学生の時、酷い喘息で夜中に総合病院に私の運転で連れて行き、入院するかどうかの瀬戸際の時もそうだった。

「自分の命と大学のテストとどっちが大切ですか！」

とまで医師に言われ、しょんぼりしていた息子。やっと血中酸素飽和度が安定し、帰宅したら午前二時を回っていた。だが、Tは大いびきをかいて寝ていた。さすがに頭にきた私はTを叩き起こした。

「なんで寝ていられるの？　息子が心配じゃないの？」

「あんたがついているから……」と。

絶句している私をよそに、再び寝てしまった。

私がシングルマザーになろうと決心した瞬間だった。

「もう、あんたなんかに頼らない。子育ては、私がする！」と。

娘は、父親についていくと大変なことになると思ったと、後で笑いながら私に話した。

子どもたちが高校生になっても大学生になっても、父親としての自覚は薄かった。考えてみれば、Ｔの父親がまったく同じタイプの人で、Ｔには理想とする父親像がなかったのかもしれない。だが反面教師とも言うのか、Ｔの弟は逆に、ＰＴＡの会長をしたり、子育てに熱心で子どもたちの話もよく聞いてくれた。そして二人の娘を立派に育て上げた。

シングルマザーもどきだった私は、他に方法はなかったのかと、自問する時がある。でも、あれしかなかったよな。現実は待ってくれない。保育園の送迎、買い物、食事の支度、食事が終われば入浴、そして明日の準備、寝かしつけ、持ち帰りの仕事、と目の前の出来事をこなすのに精いっぱいだった。こうした状態が十数年続いた。自分をほめてやりたいくらい頑張った。そうだよ、頑張ったんだよ、私。

第八章　キャリアの第二ステップ

教師時代に考えていたことは、定年前に仕事を辞め、心理学を学ぶことだった。大学に入った時は、英語と心理学に関心があった。とりあえず英語教師を目指した私は、いつか心理学を学びたいと思っていた。

また、学校現場でメンタルに不安を感じる生徒が年々増えてきたこと、今では当たり前に聞かれる発達特性のある生徒も確実に増えていた。専門的な知識を得て、また学校現場にフィードバックできたらなと、ぼんやりと考えていた。

体力に自信がなくなり、そろそろ引き際だと思っていた。

そんなある日、やんちゃなR君が壁に落書きをし、私は指導のため彼を追っかけた。追いつくはずだった。息が切れた。

「先生何やってんだよ、早く来いよぉ」

と、遠くで彼は笑っていた。あー、もう限界なんだなと悟った。

五十七歳になっていた。最後の担任の子どもたちの卒業を見届け、自分の新たな出発にしようと計画した。当時、私の住む横浜には心理学を学ぶ大学院は無かった。また、大学院入学準備のための予備校もなかった。東京にはあったが、大学院入学のために半年はかかりそうだった。準備に半年、院で最低二年はかかる。計三年近く私の体力と経済力が続くだろうか？　私は悩んだあげく、心理学やメンタルケアを学ぶ学校を調べた。私が選んだのは、精神保健福祉士という国家試験の受験資格を取るための福祉の専門学校だった。

資料を取り寄せ、高田馬場にあるその学校の説明会、見学会に参加した。そこで出会った教員は、私のどんな質問にも誠意を込めて答えてくれたし、現場での貴重な体験も赤裸々に話してくれた。こんな人のいる学校で学びたいと思った。入学を決め、私は大学を卒業したばかりの初々しい学生たちと一年間机を並べることになる。

久々の満員電車にもまれながら、いや潰されそうになりながらの通学が始まった。ほとんどの学生が大学で心理学を学んでいた。若い彼らに刺激され、私も懸命に学んだ。一コマ九十分という講義を一日四コマから五コマ取った。初めて聞く専門用語ばかりで、毎日私の頭はパンク寸前だった。

そんな学生生活の中で楽しい思い出もある。心理学が専攻だった彼らは、私より多くのことをすでに知っていた。その話の中で、北海道の浦河町《うらかわ》にある「べてるの家」について教えてくれた。そこは一九八四年にケースワーカーとメンタル疾患のある人たちがともに力を合わせ、起業したという所だった。ソーシャルワークを学ぶ人たちにはすでに知られている存在だった。

話をしていくうちに「一度訪問したいね」が「訪問しよう」と変わるのに時間はかからなかった。最初は仲良しグループでの旅行を考えていたが、せっかくだからとクラスに呼びかけ、結局クラスの半数が参加することになった。

たまたま担任が北海道の出身で、「僕も現地で合流しよう」ということになり、ちょっとした大人の修学旅行になった。日程を考え、宿舎の手配、航空券の手配は私が担った。良くも悪くも教師時代の癖がでてしまう。浦河での見学や当事者との交流は、精神保健福祉士を目指す私たちにとって大きな学びとなった。

やがて後期を迎え、国家試験に向けて私たちの目の色も変わり始めた。来年もう一度という選択肢は私にはなかった。

好事魔多《こうじまおお》し、とはよく言ったものだ。受験前夜に義姉から電話があり、実家の父が誤嚥《ごえん》性肺炎で緊急入院したということだった。すぐに帰省して欲しいと言われたが、国家試験だけ受けさせて欲しいと伝えた。きっと父だったら「受けてから来い」と言うに違いないと、私は信じた。

翌日、受験票、過去問題集とノート、着替えをスーツケースに詰め込み受験会場に向かった。受験が終わるとその足で羽田に向かった。飛行機で福岡に向かう間も「お父さん死なないで。ごめんね。すぐに帰れなくて」と心の中でずうっとつぶやいていた。

病院のベッドに寝かされた父は、眠剤を処方され静かに横たわっていた。酸素吸入の音とかすかな父の呼吸だけが、わずかに父が生きていることを証明していた。片肺が真っ白になり、呼吸が苦しくなり、兄と主治医が相談の上、眠剤投与が決まったらしかった。

その後は、毎日病院に父を見舞い、眠っている父と返事のない会話を続けた。

「起きてよ、お父さん。寝てないで話そうよ。来るのが遅くなったから、怒ってる?」

一瞬でいい、父と話したかった。一分でいいから眠剤から目を覚まさせて欲しいと願ったが、主治医にも兄にも言えなかった。それは私のエゴだとわかっていたから。

しばらく病室に通ったが容体が安定しているのを確認し、私は卒業の手続きのため、一時帰宅した。

手続きなどを終え、再び父のところに戻ろうとした時、父の容体が急変し、息を引き取ったと兄嫁から電話があった。最後まで親不孝だったなと思った。帰省し、居間に安置された父の額を触った時、氷のように冷たかった。死ぬってこういうことなんだ、父はもうこの世にいないと実感した。

葬儀を終え、一通りの手続きもすみ、私は帰宅した。

そこからが私の就活の始まりだった。精神科のある病院やメンタルクリニックの条件の合うところを探していた。また、求人も多かった。

ふと、何のためにこの勉強を続けたのかと自問した。子どもたちのためのはずだった。焦らずに子どもと関わる仕事に絞ろうと考えた。数カ月が経ち、ある自治体で児童相談員という仕事を求人していた。早速面接に行き、元教員だったことも幸いして私は採用となった。

仕事内容は、虐待対応と虐待未然防止のためのプログラムづくりやＤＶの対応だった。

ここでは、また新しい学びと経験をしていった。

同僚の保健師さんに恵まれたこともありがたかった。特にＩさんは聡明で感情に揺さぶられることもなく、きちんと仕事をこなす人だった。それでいて子どもたちへの愛情が深く、虐待で身心が傷ついた子どもたちへの想いも深かった。私たちはすぐにツーカーの仲になった。彼女の考えていることはすぐに想像ができたし、理解もした。彼女もそうだった。何より心強い相棒だった。七年間の在職中、日々充実していたのは彼女のおかげと今も感謝している。


ここでは様々なケースを担当した。

離婚した夫に息子が似てきたという理由で、ネグレクト（育児放棄）を始めた母親。メンタル不安定な母に幼い時からコントロールされてきたきょうだいたち。母の命令には絶対服従だった。

「君たちの親子関係変だよ、子どもが犠牲になりすぎだよ」

と私が言った際、息子の一人が、

「だって僕たち、他の世界を知らないですから」

と言った時はショックだった。

何としてでも彼らに、彼らの人生の自由と選択を得てほしかった。数年後、それは実現した。関係機関の協力なしではできなかったことだ。

日々の情報共有の大切さを学んだケースだった。DVケースも同様だった。夫に完全にコントロールされ、自分の人権意識など皆無の妻。お金、人間関係、時間、心理面すべてをコントロールする夫、プラス暴力もあった。夫にコントロールされていても、

「私が至らないから」

と言い続ける妻。二年がかりで彼女の呪縛を解き、他県へ離脱させた時は、心から安堵した。

父のDVから母を守るため、不登校になった子もいたし、自分が母親を守れないふがいなさに、非行に走った子もいた。

産後鬱から、子どもを愛せないと悩み、自分を責める母に何人も出会った。

傾聴しながら寄り添っていくしかない時もあった。子育てプログラムを学び、母親たちに伝え実践してもらうことで、育児の悩みを共有したり軽減できるよう頑張った。失敗もあったが、充実した日々だった。

そして、私の最終目標の地元にフィードバックしたいという思いから、七年間の契約を終了した。地元の子育て担当者に会い、子育てプログラムの紹介や講演会を各地で実施していった。担当者や参加した母親たちから確かな手ごたえを感じた。

そんなある日、市の保健師さんから母親対象のカウンセリングの依頼があった。精神保健福祉士の資格を取得後、カウンセリングの技法も学んでいたので、私は引き受けることにした。

自治体の保健師さんから促されてきた人と自ら希望してカウンセリングを受けに来る人もいた。その多くは母親だったが、まれに父親が来所することもあった。精神的に追い詰められ虐待寸前の親や、すでに暴言暴力にまで達している母親もいた。不思議なことに、そこには母親と母親の実母との人間関係のゆがみが明らかに存在した。

九十パーセント以上がそうだった。彼女らの心を読み解くうちに、初めて自分の実母との親子関係に問題があったと気づく人がほとんどだった。根の深い話である。

やがて高齢者支援の一環として、認知症の人を抱える家族カウンセリングもおこなうことになる。家族は疲弊しきっていて、共倒れ寸前だった。それでも私の介護はこれで良いのかと悩み、自分を責める人がほとんどだった。自分の楽しみもすべて犠牲にしていたのに。

私はただ、ただ傾聴しその頑張りを労った。それだけなのに、カウンセリングに来所された方は全員といっていいほど涙を流された。それだけ先が見えない介護に不安を感じていたのだと思う。

もう少し社会のお役に立ちたいという思いはあったものの、私の心臓さんは、「もういいんじゃない?」と言っていた。

ペースメーカーのドクターから、「最悪の状態ではないが、良いとも言えない」と言われたことがきっかけだった。

悩んだあげく、二〇二四年三月で十六年間務めた自治体の仕事を卒業することにした。後は、関わっているボランティア団体で、できることをやれば良いと自分を納得させた。

こうして私のキャリアの第二ステップは終了した。

第九章　六十五歳のしあわせ

私の結婚生活を振り返った時、六十五歳のできごとが一番心に残っているし、幸せを感じた時だった。

Tは六十五歳の定年を迎えた時、顧問として仕事は継続するのだが、一応定年を迎えたため、退職金の支払いが行われた。

Tは何か思うところがあったのだろうか、それとも義母が何か言ってくれたのか、私に記念の指輪を買ってくれると言う。「今まで、迷惑かけたから」みたいな言葉を大真面目な言葉で言っていた気がする。

私はといえば、突然の申し出に戸惑いを覚えながらも素直に嬉しかった。驚いたことにTは、指輪を買うのに同行するという。私は自分の耳を疑った。結婚してから初めてのことで、横浜の宝石店をはしごしても、快く付き合ってくれた。

当日は、Tはライトブラウンのジャケットを羽織り、私はお気に入りの藤色のニットのアンサンブルを着て、ピンクベージュの口紅を引き、少しばかりおめかしをした。どこから見ても仲の良い中年カップルだった。こんなことは最初で最後、思い出の一日にしたかった。

最初の宝石店で次から次へと指輪を出され迷う私に、Tは、「他の店も見てみたら？」と、優しく言ってくれた。結局三つの宝石店を巡り、最初に行った宝石店で購入を決めた。

V字形の指輪の左右に五個ずつのダイヤが施されていた。私は、シンプルで上品なこの指輪がとても気に入った。まるで、私のために用意されていたかのように、ぴったりと私の薬指におさまった。

「Tがこんなことをしてくれるなんて……」

私は心がジワジワと満たされていくのを感じていた。

この人とは色々頭にくることばかりだったけれども、二人のこれからの人生を仲良く、楽しく送っていくんだな、とその時は思っていた。

正直で、嘘はすぐばれる人だったし、ギャンブルにはまることもなかった。もちろん他の女性にはしることもなかった。タバコは家の外で吸ってといえば、素直に従った。釣りが趣味だったので、活きのいい魚を釣ってきては、手料理で家族を喜ばせた。酒癖が悪いことと、短気なのが唯一の欠点だったかもしれない。いい意味でも、悪い意味でも適当なところが多く、（こんなふうでも生きていけるんだ）と、私が思うことも度々だった。

そのため、几帳面すぎる私が手を抜くことに罪悪感を持たなくなり、実家にいた時よりも楽になったことも事実だった。

だがその幸せは、七十歳を過ぎたあたりから雲行きがあやしくなってきた。Tが訳のわからないことでキレることが増えてきたのだ。

まさか結婚四十一年で卒婚宣言になるとは、この時は夢にも思わなかった。六十五歳のしあわせは、こうやって幕を閉じた。

第十章　自分の人生は自分で決める

Tとの卒婚を決めてから、これからの人生をどう生きていこうかと考えた時、娘でもなく、妻でも母でもない一人の人間として生きていきたいと思った。もちろん母として、祖母としての役目は忘れないつもりだが。

幸せだったな、私の人生。楽しかったな、まんざらでもなかったなと思って人生を終えたい。

だからこそ、好きなこと、楽しいことをやろう！　やり残したことに挑戦してみよう。

よーし、わがままに生きるぞ！　と決心した。

卒婚を意識して、家を出る決心をした二年前から住処《すみか》探しが始まった。

私は心臓に爆弾を抱えている。日々そのことで不安になることはないが、歳を重ねれば良くなることはない。細胞は待ったなしで衰えていくことは確かだ。健康でいるうちは、自分のことは自分でやりたい。介護が必要になった時、二人の子どもたちに負担をかけたくない。介護疲れで家族が疲弊しきっているケースを多く見てきた。

安心して暮らせて介護の心配もなく生活できるところ。そしてせっかく家を出るからには、若い頃からの夢だった海が見える場所。これが条件だった。

パンフレットをあれこれ取り寄せては、条件に合うかどうか検討した。その中で私の目に留まるところが一カ所あった。ただ、お金の面で大丈夫か不安があった。

魅力だったのは、海のすぐそばという立地だったことだ。ダメ元で資料を取り寄せ、十月十二日に見学に行くことにした。担当の職員の丁寧な説明と見学を終え、私の心はかなり傾いた。その後十一、十二月と再度の見学、説明を受けた。

残すはお金の問題だけだった。預金と生命保険を解約することで何とか賄えることがわかった。こうして二〇二三年三月一日、無事に契約にこぎつけた。

ここが私の新しい住処になると思ったら心が躍った。太平洋の大海原は見ることはできないが、相模湾の向こうに雪を頂いた富士山を見た時、何ともいえず感動した。湾沿いに散歩しながら波静かな海を眺め、深呼吸した。私は「生きている」と、実感した。

対岸には小さな森があり、マリーナにはたくさんのヨットやフィッシングボートが停泊していた。ちょっとしたリゾート気分だ。

ここに来るために、私はあんなに必死で働いてきたのかと思い、ここで間違いはなかったと確信した。

一年かけて少しずつ転居の準備をした。大学に進学し、一人住まいを始める学生の気分だった。新しい冷蔵庫、テレビ、洗濯機、電子レンジと揃えていくことにワクワク感が止まらなかった。この年はセカンドハウス的に利用しながら、本格転居に備えた。

二〇二四年三月二十九日大雨、大風の中、子どもたちが同伴してくれて私の転居が終了した。自宅を出る時、どうせ月一くらいは帰宅して、税金やお金の面倒は見なくてはならない、特別な別れの言葉も必要ないと、私は思っていた。

だが、大雨・大風の中、Tは傘をさし、私を見送ろうとしていた。

「濡れるから家に入って」

と私は言った。見送って欲しくなかったのだ。そんな中途半端な優しさはいらなかった。

私はわざとゆっくり身支度を整え、靴を履いた。

すると、

「ぐずぐずしやがって！」

とTは、大声でキレた。

子どもたちはすでに車の中にいて、Tの言葉に気づくことはなかった。

最後の最後まで、この人は変わらない。可哀そうな人だ。私の中にほんの少し残っていた罪悪感のようなものが、一瞬にして消えた。ゲームオーバー！

午後からは雲一つない快晴になり、まさに雨降って地固まる、とはこのことかと思うほどだった。

新しい住処は、「シニアマンション」だ。正式名称は「有料老人ホーム」だが、私はシニアマンションと呼ぶ。言葉とは不思議なもので、人は言葉にコントロールされることが多い。

「老人」とは人生の盛りを過ぎ、精神的にも肉体的にもかつての逞しさがなくなった人。

「高齢者」に至っては、第一線を退いてから久しい人、人生を静かに観望《かんぼう》する状態にあると。

誰が決めたの！

そんな一括りにして欲しくない。確かに体力的には若い頃のようにはいかないが、人生を静かに観望なんて私はしない。最後まで悩んだり、あがいたりしながら私の人生を楽しみたい。

「老人」「高齢者」「シニア」なら、私は迷わずシニアという言葉を選ぶ。シニアは、先輩や年長者という意味だ。

ここの住人はおよそ五百人、私と同年代、一回り若い方、他の多くは人生の先輩方だ。

皆さんお元気で自立していらして、ご自分の生活を謳歌していらっしゃる。九十歳を過ぎた方が、リュックを背負い買い物に出かけていて、「私、毎日忙しいの」と平然と言われたのには脱帽だった。ここでの人間関係を楽しんでいけたらなとも思う。

新しい出会いもあった。

シニアの男性Kさんとは、マンションに引っ越す直前に出会った。昭和レトロの静かなジャズが流れ、メニューはコーヒーのみというマスターこだわりの喫茶店だった。

その日の客は、私と後から入店してきたKさんとその友人の三人のみだった。小さな店なので、二人の会話が耳に入ってくる。「無農薬農業」「障がい者支援」「子どもの居場所」など、私の関心をひくものばかりだった。私は思い切って声を掛けてみた。三人のシニアでわいわいと話が盛り上がった。帰り際、Kさんは名刺を下さり、「また、連絡します」と言ってくださった。

なんと、私の住むマンションの近くに農地を借り、自然農法の無農薬野菜を作り、障がい者雇用にも参加されているという。何たる偶然！

そんなある日、Kさんから「見学に来ませんか」とお誘いを受け、農業に関心のある知人男性を伴い、Kさんの農地を見学した。地元の農家の方、地域のボランティアの方二名もいらして助言や収穫の手伝いをされていた。お土産に頂いたオクラ、レタス、小松菜の味の濃いこと、手作りの切り干し大根は、今まで食べてきた中で、一番と言うほどおいしかった。

ホームページを作り、限られた方に宅配で野菜、果物を届けているという。

私は体力がないから、伝票書きくらいなら、ボランティアで来ますよ、と伝えた。

Ｋさんは築百年の八ＤＫの古民家を購入し、少しずつリフォームを進め、ゆくゆくは、カフェや民泊もやりたいということだった。もちろん地元の雇用促進のためである。

Ｋさんは多趣味で海のスポーツも楽しんでおられる様子。ゴルフ焼けではなく、真っ黒に日焼けされた顔は、海での遊びからだった。シーカヤック、カヌー、サップ（ＳＵＰ：stand up paddle board）を楽しみ、夏にはサップやカヌー教室を、インストラクターを招いて開催されている。古民家の庭に不釣り合いのまだ新しい大きな倉庫がある。見せて頂くと、カヌーやサップの道具が所狭しと収納されていた。

「ぼくは自分の子どもに、財産を遺さないことにしたんです。全部使い切って自分のために、社会に還元して、天国に行くことにしたんです」

私がさらに驚いたのは、Ｋさんがガン患者であることだった。どうしたらこんなに前向きに生きられるのか、Ｋさんから学ぶことが多そうだ。

Bさんとは朝のウォーキング中に出会った。私は歩きながら、スマホから流れるジャズを聴いていた。「ジャズはお好きですか？」と声をかけてくれたのは、Bさんとパートナー。Bさんは地元の出身だったが、ジャズに出会い、アメリカで長く活躍されていた。今はお母様の逝去に伴い帰国されたとのこと。今後は音楽で地元を活気づけたいと意欲満々だった。

「ライブやるんで、今度いらしてください」と。

パワフルなBさんのライブに出かけてみたいと、私の楽しみがまた一つ増えた。

アメリカ人のDさんとは、英会話スクールのプライベートレッスンで知り合った。セミプロのレゲエの歌手で、俳優として脇役で出演している映画もある。アメリカのジョージア州にある大学の講師もしていて日本とアメリカを行ったり来たりしている。自作のプロモーションビデオを見せてくれたり、

「今日はレコーディングなんだ」

と、私の知らない世界を見せてくれている。日本人の妻との間に一歳になる坊やもいて、時折、子育ての話に発展することもあり、私はグランマ気分で助言することもある。

Ｋ子さんは、マンション近くの海辺のカフェの若いオーナーだ。芸大を出て、絵画教室を開きながらデザインの仕事もしている。週末限定のカフェは、紅茶とおいしいケーキが売りのお店。デザイナーらしく、世界有数の高級磁器であるロイヤルコペンハーゲン、ウェッジウッド、ノリタケ、マイセンのカップやソーサーにこだわりが見える。店内にはＫ子さんセレクションの小物が並べてある。もちろん、その中にはＫ子さん自らがデザインした物もあった。偶然手に取った手帳は、以前から私のお気に入りで、ほぼ毎年購入していた。

「これ、私使ってるわよ」

と、彼女に私の手帳を見せた時、K子さんは涙を流さんばかりに喜んでくれた優しく素敵な女性だ。

もう一つ、社会との関わりも忘れずに持っていようと思う、身体が続く限り。何かの、誰かのお役に立っていたいという思いは忘れたくない。

これからの人生を楽しむためにやりたいことをリストアップしてみることにした。第一優先は、プロのフィギュアスケーター羽生結弦の「追っかけ」をすること。今流行《はやり》の「押し活」という言葉は私にはぴったりこない。「追っかけ」、そう、この言葉が私にはふさわしい。

私は、元々フィギュアスケートのファンだった。トリノオリンピックの金メダリスト荒川静香さんのスケートを見てからだ。高橋大輔、浅田真央、安藤美姫、鈴木明子、村主章枝《すぐりふみえ》さんらのとりこになっていった。そんな中、まだ十六歳だった羽生結弦の演技を見て、パワーに少し欠けるがスケーティングの技術、表現力、しなやかさに、凄い子が出てきたなと思った。テレビでフィギュアスケートの競技は必ず見ていた。十数年来の彼のファンであったが、競技を見に行くとかショーを見に行こうという思いには至らなかった。多忙でもあったが、どこか遠くの手の届かない世界の人でよかった。

ところが、私は羽生結弦にはまってしまうことになる。

心臓の治療で入院している時、術後の痛みよりも出血防止のための両手、両足の拘束が死ぬほどつらかったし、腰の痛みは絶えることがなかった。

テレビを見てもつまらない。スマホでユーチューブを検索していると、羽生結弦の映像に出合ってしまった。毎日、毎日、何度も何度も彼のしなやかな演技、憂いを秘めた表情にダイナミックなジャンプに、止まることをしらないスピンの虜になった。ファンの間では「沼落ち」と言うが、私も、羽生沼にどっぷりはまり、抜け出せなくなってしまったのである。

そして、ショーの最後に彼が言う、

「そこに幸せはありますか？　心は壊れていませんか？」

という言葉が妙に胸に響いた。それはとりもなおさず自分らしく生きていますか、という羽生からのメッセージに思えた。退院したら、必ず彼のショーを観に行くと心に決めた。

退院して三カ月、彼が出演するショーが企画された。ツアーで全国の数カ所で開催されるというものだった。チケット争奪戦が始まった。スマホとにらめっこで、チケットを申し込んでは外れる日々が続いた。私のカレンダーはチケット申し込み日、抽選日で埋まっていった。やっと入手したチケットは名古屋での開催だった。迷うことなくホテルを予約し、名古屋に向かった。

ショー当日、羽生結弦の演技に雷に打たれたような衝撃を受けた。どうも苦しいと思ったら、私は息をするのも忘れて彼の演技に見入っていた。それほど美しかったし、ダイナミックで、かつ彼の魂を感じたひとときでもあった。今まで数々のミュージカルや他の演劇、コンサートを見てきた私だったが、羽生のそれは次元の違うショーだった。

彼のファンはリピーターが多く、現役のときからのファンが多かった。

私が、隣席のマダムに、

「初めてのショーです」

と言うと、

「あらっ、随分遅いデビューね」

と笑われた。

それからは、彼のショーの追っかけが始まりチケットを入手するためのテクニックを学んでいった。再販などを利用できるリセールという言葉も知った。抽選で落ちまくり、最後の頼みがリセールだが、これに当たるのも至難の業だった。

羽生結弦のユーチューブ開設時にはすぐにメンバー登録し、ＳＮＳで新しい情報をチェックする日々が続いている。
それにしても、誰かにこんなに夢中になるなんて高校生以来だ。いや、その時よりもずうっと私の想いは熱いし、深い。何せ、生まれて初めてファンレターなるものを書いたくらいだ。「笑わば、笑え」の心境だった。

二〇二二年の秋、プロ転向後の最初のショーが、私の住む横浜で開催されるという。私の胸は高鳴った。しかし、そのチケットの入手は困難を極め、二十回近く落選した。結果ライブビューイング（映画館で生中継）という形で、羽生結弦のプロデビューの『プロローグ』という名のショーを観ることになった。それは、今までのアマチュア人生を振り返るというコンセプトの前代未聞の羽生の単独ショーだった。競技時代は一日に一演目だったのを一日に八演目滑ったのだ。想像を絶するショーで自分の肉体の限界に挑戦する羽生の生命と魂をかけたショーでもあった。私はと言えば、最初から最後までハンカチで涙をぬぐうありさまだった。

二十回も落選した私を哀れに思ったのか、スケートの神様はその後のショーのチケットを、私にプレゼントしてくれている。次のショーにはバナー（旗）を持って応援すると決め、自分でデザインし、最終的にはプロにバナーの制作を依頼した。ブルーの下地に中央に羽を広げたフェニックスをデザインした。

フェニックスは羽生の象徴で、赤と金の二種類作った。東京ドームでのショーのオープニングで、バナーそのままの羽生が舞い降りた。私は、「アッ」と声を上げ、全身に鳥肌が立った。実はこのバナーを、羽生が利用しているアイスリンクに送っていたのだった。彼がバナーを受け取ったかどうかはわからない。でも、私には奇跡に思えた。

そして、横浜での二回目の単独ショーの時、私は幸運にも、前から四列目の席を入手していた。

ショーが終わって、羽生がリンクを周回しながらファンに感謝の手振りをしている時だった。スーッと通り過ぎた羽生が一瞬、私の列の真ん前に戻って来た。バナーに気付いてくれた！（私の妄想?!）

私は、すぐにＬＩＮＥで娘に報告した。

「良かったね。気づいてくれたんだよ、きっと」

と、優しい言葉を返信してくれた。


でもその上をいくファンがいる。海外のファンたちだ。特に会場で出会った中国人のファンの熱さには驚かされた。込み入った刺繍の手作りのバナー、マスコット人形は当たり前、日本語で書かれた横断幕、揃いのパーカで送る声援は、日本人のそれとは違い、パワーが一回りも二回りも違った。

身振り手振りで、英語を多少交じえながら彼女たちと話をすると、自分たちが作ったグッズをプレゼントしてくれたり、満面の笑顔で握手してくれたりもした。羽生の祈りを込めた優雅な演技を見ては、共に涙するという場面もあった。今度私の住む上海に遊びにきてくださいね、とちょっとした日中友好タイムだった。日本人の高校生

ファンが、

「楽しんでますね」

と声をかけてくれたのも嬉しかった。

娘も親友もなかばあきれ顔で、

「夢中になれるものがあっていいね」

と言ってくれている。そう、今や羽生結弦は私の生きがいになっているのだ。毎朝、（羽生君が怪我をしませんように）と祈る私は、まさに母か祖母の心境なのだ。


旅行に出かけることや友人と楽しい食事のひと時を持つことも大好きだ。

英語の教師をしていたことから、英語でネイティブと話すことも好き。話しながら、価値観の違いや逆に共通点を見つけ、会話を楽しんでいる。

料理をすること、食べることも好きなので、明るい先生の元で薬膳料理を楽しみながら学んでいる。

先日街に買い物にでかけた。どこからかステキなピアノの音色が聞こえてきた。ストリートピアノだった。一人の外国の若者がピアノを弾いていた。周囲は人垣もでき、彼の演奏に聴き入っていた。

演奏が終わると、私は、

「ありがとう。皆さん、あなたの演奏でハッピーな気持ちよ。もちろん私もよ」と言い、買ったばかりのドーナツをプレゼントした。彼はたいそう喜んでくれて、「あなたのために演奏します」と言い、即興でオリジナル曲を弾いてくれた。「またいつかあなたの演奏を聴きたいわ」と言い帰路についた。ささやかな出来事である。でも何にも代えがたい幸せなひと時だった。

社会に少しだけ役に立つことも、私が自分のやりたいことの一つだ。それは自分の存在を確認する場でもある。

私が仕事やボランティアの対象に絞ったのは、子育て中の母親たちだった。

少子化が叫ばれて久しい。

「日本の母親たちがまず元気にならないと、日本はよくならない」

――わが師の教えだった。私は仕事を辞めても、母親支援は続けることにした。

一カ所目は、子ども食堂に来るシングルマザーたち。ＤＶの被害者も多くいる。仕事の悩みから、子育て、職場の人間関係、自分の生き方まで多岐にわたる。相談を希望する母親と一対一で面接し、悩みの整理や、本人が自己決定できるように「話」を進める。

二カ所目は、メンタル疾患や発達特性のあるママたちのグループ。病気や特性ゆえの生きづらさ、夫との付き合い方、子育ての難しさに直面している。

私は自分の失敗談や経験を交えながら、会話の中に入り、彼女たちを肯定しつつ助言することもある。時には手作りのお菓子を持参し、彼女たちの二人目の母親と自任している。

三カ所目は、不登校の子どもを支援するＮＰＯだ。「親の会」なるものがあり、母親たちの悩みや苦しみを共有している。スタッフから求められれば、私は問題の整理や助言をすることも多い。

私が必ず言うのは、「お母さん、もっと遊んで!」だ。不登校になった我が子に二十四時間集中し、親も子も神経をすり減らしている。いつだって子は、母親の笑顔が見たいのだ!! そのことに気づいたお母さんは、変わり始める。自分の時間を持つことに罪悪感を抱かなくなる。親が変わると、不思議に子どもにも確実に変化が起きる。不思議だが事実なのだ。

他人からみたら、私の人生は結構充実していると思われるかもしれない。書き出してみればまんざらでもないな、という思いもある。でも、まだ何かを求めている自分がいる。私は欲張りなのかもしれない。

気のおけない友人と過ごす時間も大切だが、一人時間もなくてはならない。独りぼっちの孤独を感じないわけではないが、それを楽しむのも人生かなと私は思う。

今日本では独居老人の孤独死が急増しているという。孤独死と孤立死は違う。

孤独は、人が生きている限りは向き合わなければならないし、（今日は寂しいな、人恋しいな）と思いつつ、孤独も楽しむ自分でいたいと思う。

生まれてくる時も一人、死ぬ時も一人、その考えは昔から変わらない。誰も一緒には死んではくれない、泣いてくれたとしても。

生も死も自分で引き受けるしかない。そう思うと、何だかそれが人生だと思える。

私の細胞はいつかその役目を終え、空と地と海に戻り、新しい生命の再生の源になるんだろうと思うと、不思議な命の輪廻のようなものを感じる。

先日、私は摩訶不思議な夢をみた。

亡くなった父と母に夢でいいから一度会いたかった。二人とも臨終の時、昏睡状態で最期の会話ができなかったからである。

何か最期に私に言い残したことはなかったのか、とずっと気になっていた。でも亡くなってから二十数年二人は一度も私の夢に出てくることはなかった。夢に出てこないということは、天国で二人とも安心して私を見守っているんだろうな、と思うことにしていた。ところがである。

私が卒婚を決意し、いよいよ家を出ることになった時、二人が夢に出た。何故か母の通夜で、母は自宅の二階の寝室に寝かされていた（実際は病院で息を引き取ったのだが）。

枕元には私と父と二人。

「とうとう逝っちゃったね」

などと話しながら、白い布を顔にかぶせられた母を見守っていた。階下では親類や身内が集まっていた。突然、母がガバッと起き上がり、階下に降りて行こうとする。

私は慌てて、母の着物の袖を握り、

「お母さん、お願い、皆がびっくりするから降りていかないで！」

と必死で止めた。かたわらの父を見ると、あんぐりと口を開け、一言も発することができなかった。冷静沈着な父がである。

母は私の手を渾身の力で振りはらい、階段を物凄い勢いで駆け下りた。

そこで私は目を覚ました。何だったんだろう。あんな母の顔は見たことがなかった。

まさに「鬼の形相」だった。

友人曰く、

「お母さん、あなたの旦那さんに怒っていたんじゃないの」

そうか、そうだったかも知れない。妙に納得した私だった。母は私が家を出たことで安心しただろうか。

父と母にもう心配をかけないように、これからの時間を私は目いっぱい楽しんで、少しは悩んで、時にはあがいて生きていこうと思う。

だって私の人生だもの！

第十一章　卒婚の勧め　自分らしく生きる

結婚生活の中で夫婦関係が上手くいき、最後までその関係が続いていくのならば、それはそれで素晴らしいことだと思う。そのために、夫と妻のどちらか一方が自分を殺してまで我慢し続けることは、あってはならないと思う。ギブアンドテイクの間柄が理想だ。

そのための多少の妥協はあっても良いと思う。互いに価値観も環境も違う中で育ってきたのだから。ただ、人格を否定されたり、一方的に相手の感情の捌け口にされることを、私はよしとしなかった。自分は何を守りたいのか、これだけは妥協できないことは何なのか、一人ひとり違って良い。

この人とはもう一緒に生活したくないとか、別の生き方をしてみたい、これ以上、夫と諍いを起こしたくないと思うなら、立ち止まって考えてみてはどうだろうか。

この文を書いている時に、妻がゴルフのクラブで夫の頭を殴り、夫が死亡するというニュースが流れた。余所目《よそめ》には仲の良い夫婦だったようだが、家庭内での喧嘩が絶えなかったという。この日も言い争いになり、先に夫がゴルフクラブで妻に殴りかかり、仕返しで妻が夫を殴ったということだった。

私は真っ先に、この夫婦の子どものことを思った。自分の両親が殴り合いのすえ、片方が亡くなった。こんな不幸があるだろうか。子どもは一生そのトラウマを引きずって生きていかねばならない。こんな悲惨な結果になるのならば、他の選択肢はなかったのか?

そんな危うい夫婦関係の中で今日も生きている人がいると思うと、複雑な心境になる。

私だって、その可能性がゼロだったわけではなかったからだ。Tの暴言がいつ暴力に変わるか、もしかしたら時間の問題だったかもしれない。

一度Tに言ったことがある。もし暴力をふるったら、私はためらわず110番するからと。私は何も恥ずかしくないから、自分の命を守る方が優先だからと。

Tは余所目を気にするタイプだから、この私の言葉が歯止めになっていたかもしれない。

卒婚は離婚よりハードルが低い。離婚に伴う面倒な手続きやお金もかからない。

離婚は、離婚届一枚で済むものではないということが調べていくうちに色々わかってきた。共同名義をどうするか、住民票をどこに置くのかで、それも違ってくる。生命保険の受け取りは？　わずかばかりの自分の預金を、私の亡くなったあとどうするのか？

離婚するということは、こんな面倒なことにも処していかねばならない。

ヤーメタ！

時間と労力とお金がもったいない。プロ（弁護士や司法書士等）に支払うお金は、ちょっとした海外旅行ができるぐらいの額だった。

私の場合、「もったいない」これが一番大きかったかも。もっと有意義なことに使いたかった。

卒婚、これで良し、そう決めた。

もちろん面倒なことを承知で離婚してリセットし、新しい人生をやり直すのもあり。

私は、プロに支払うお金がもったいない、面倒な手続きに振り回されるのがいやだったから、事実離婚の卒婚にしただけだ。

少しだけ、ほんの少しだけ子どもたちや孫たちに、「離婚」という形でのショックを与えたくないという思いもあった。

こんな私の卒婚の経緯を、子育て中の若いママたちに話した。話すことに少しためらいがあったのだが。

経済的に余裕があるからできたんでしょう、と思われることが一番いやだった。

私の心配をよそに、

「そんな生き方ができるなんて、勇気をもらえました。ゆきこさんのようなことはできなくても、自分なりの選択ができるなんて」

と、一人のママが笑顔で答えてくれた。夫とは何度も離婚を考えながら三人の子育てをしている人だった。

「子どもたちが成人するまでは親として責任があるから、でもその後は自分らしく生きようと思いました」

と、話してくれた。

他のメンバーも彼女の苦労を知っているだけに、うんうんと頷いていた。

幸せな卒婚の形もある。夫と妻がそれぞれ自分のやりたいことを見つけ、スープの冷めない距離にいて互いの生活に干渉し過ぎない関係を築いている人もいる。

何はともあれ、自分らしく生きているのか、そこに世間体やプライドとか余計なことや考えを入れずに、自分の心と対峙してみるといい。そこに必ず答えはあるはずだ。

自分の気持ちや考えを書いてみる。我慢できることか、できないことか。

一つ屋根の下で、これからも夫と生活していくのか。家庭内別居、シェアハウスという考えもある。お金の問題はどうするのか、離婚か卒婚か。

一つひとつ書き出していくと、自分の心と頭の整理ができる。これは妥協できる、これはできないと。

私は、最初はシェアハウスで対処していた。

家庭内別居という言葉に、どことなく冷たさを感じていた。私はシェアハウス、つまり生活をシェアすることを選んだ。共同生活である。必要に応じて助け合えばよいと思っていた。何とかなると思っていたし、Tもそのうち落ち着くだろうと思っていた。二年が経ち、やっぱり無理だと判断した。そこからの私の行動は早かった。迷いはなかった。

私の答えが他の人のベストアンサーかどうかわからないが、私にとっては、ザ・ベストアンサーなのだ。だから貴女のベストアンサー、もしくはベターな答えを見つけて欲しい。貴女があなたらしくあるために。

最初は小さな答えのかけらかもしれない。でもそのかけらを拾い集めていくうちに貴女の答えがきっと見つかると私は信じている。

「そこに幸せはありますか？　心は壊れていませんか？　自分らしく生きていますか？」

この言葉をあなたにも贈りたい。

あとがき

それは一通のメールから始まった。

「お話ししたいことがあります。お電話しましたが、繋がらないので、ご連絡ください」という文芸社出版企画部の中村太郎君からのメールだった。

暇を持てあまし気味だった私はすぐに電話を入れた。一年前に文芸社のエッセー募集に私は応募していた。残念ながら採用はされなかったが、私の書いた物が面白い、と中村君は取っておいてくれたらしい。

それから色々と彼と話していくうちに、彼が大学の後輩であることがわかり、話がはずんだ。すっかり気を良くした私は、読書が好きなこと、文章を書くことも好きで、新聞によく投稿しては採用されていたことなどを話した。

一生のうちに本を一冊書きたい思いがあることも伝えた。本を上梓するにあたり、多くの不安や迷いを彼にぶつけた。その一つひとつに、彼は丁寧に答えてくれた。

亡き母への想いもあった。母は若い頃作家になりたい夢を抱いていた。一生のうち、自分の本を一冊書きたいと、私によく話していた。

とうとうその願いは実現しないまま、母は旅立った。私が書くことで、母の供養になればという思いもあった。そして、私はエッセーを書き、上梓することを決断した。

それは、自分の人生を振り返る良い機会でもあった。こんなに私は周囲の人に恵まれていたんだと、再認識する作業でもあった。

この本を私と同じように悩んでいる人に読んでもらいたいと思う。苦しんでいるのは貴女一人じゃない。悩みながら自分の答えや生き方を考えだした人が私の周囲にはいる。社会の同調圧力に負けずに、自分の道を歩こうとしている人に私はエールを送りたい。そして法律が彼女たちを支えてくれることを心から願っている。

最後にこの本が出来上がるまで根気よくサポートをしてくださった文芸社の今井真理さんに心から感謝したい。

亡き母と、私の子どもとして生まれてくれた二人の子どもたちに、この本を捧げる。

二〇二四年　六月　著者記す

著者プロフィール

ままん ゆきこ

1949年　福岡県に生まれる。

会社員、英語講師を経て、横浜で公立中学校教師に。

57歳で退職後、メンタルケア、カウンセリングを学び、自治体の相談員として虐待対応、母親支援に従事。

現在は、ボランティアとして母親支援を中心に活動中。


私、卒婚しました！

2025年1月2日　初版第1刷発行

著　者　ままん ゆきこ
発行者　瓜谷 綱延
発行所　株式会社文芸社
〒160-0022　東京都新宿区新宿1－10－1
電話　03-5369-3060（代表）
03-5369-2299（販売）

印刷所　TOPPANクロレ株式会社

ISBN978-4-286-25757-0